Parri'r Pobydd

Parri'r Pobydd

Dewi Pws Morris • Rhiannon Roberts
Lluniau gan Eric Heyman

Gomer

Mae hi bron yn bump o'r gloch ar fore dydd Llun ym mis Ebrill ac mae'r pentref yn cysgu'n drwm.

Ond ar Stryd y Bont Goch,
mae un dyn bach ar ddihun . . .

Yn araf bach, mae drws cefn tŷ Mr Parri
yn agor a chau'n dawel a sŵn traed yn sgrensian
ar y llwybr sy'n arwain at y sied.

Mae drws y sied yn agor yn **SWNLLYD** a golau'r dortsh yn llenwi'r lle.

'Bore da, Sbigyn.'

'Bore da, Mr Parri,' atebodd Sbigyn y draenog, gan agor o'i belen. Ping! Ping! **Ping!** wnaeth y pigynnau wrth iddo ymestyn a dylyfu gên.

'A bore da Mathew'r pathew. Sut mae'r teulu bore 'ma?'

'Bore da, Mr Parri,' atebodd Mathew. 'Mae'r teulu'n cysgu'n braf yng ngwaelod yr hen gist bren, mewn gwely o flawd llif.'

'Rhaid bod yn dawel, felly,' a rhoddodd Mr Parri soser o ddŵr oer i Sbigyn a llond dwrn o geirch i Mathew a'i deulu.

'Diolch, Mr Parri,' meddai'r ddau,

gan droi yn ôl i gysgu.

Yn dawel bach, cydiodd Mr Parri yn ei hen feic coch a gwyn a'i wthio drwy'r drws.

Gwisgodd helmed ddiogelwch ar ei ben a siaced lachar ar ei gefn a chyda thinc ar y gloch, cychwynnodd ar ei daith i'r becws yng ngolau'r beic.

Wedi cyrraedd y becws clymodd Mr Parri ei feic yn saff wrth bolyn wrth ochr y fan wen.

'Bore da,' cyfarthodd Tomi o'i gwt ci drws nesaf wrth weld Mr Parri'n agor drws y cefn.

'Noson dawel, Tomi?' holodd Mr Parri.

'Wff!' atebodd Tomi gan nodio'i ben.

Yn y gegin,
roedd gwres y ffwrn
wedi cynhesu'r stafell
ac roedd y cynhwysion yn
daclus ar y silffoedd.

Tynnodd Mr Parri ei ddillad beicio a gwisgo ffedog fawr wen oedd yn hongian wrth ddrws y cefn.

'Nawr 'te, beth sydd
yn y llyfr archebion
heddiw?'
Edrychodd yn
fanwl drwy'r dyddiadur.
'Chwe thorth wen
i gartref Heini'r Henoed.
Dwy dorth frown
i Blodwen, y siop flodau.
Cacennau bach
i'r capel . . .'
Roedd y rhestr
yn hir felly roedd rhaid
torchi llewys a dechrau
ar y gwaith.

Bu Mr Parri wrthi'n brysur drwy'r bore
yn pobi a choginio.

Cododd Tomi Drws Nesa ei drwyn i'r awyr gan arogleuo'r bara ffres yn pobi.

'**Mmm, wff!**' meddai, gan ysgwyd ei gynffon yn eiddgar. Roedd yn gwybod y câi fisgeden mêr pan fyddai Mr Parri'n barod i ddosbarthu'r neges.

‘Dyna ni, wedi gorffen,’ ebychodd Mr Parri, gan sychu ei ddwylo a rhoi ✔ yn y llyfr archebion.

OND, O DIAR!

O droi i'r dudalen olaf, sylweddolodd fod **UN** archeb ar ôl.

'Dwy gacen arbennig i ddathlu pen-blwydd yn saith oed – Un i Iwan, mab Fferm Cesail Flewog . . .

ac Un i Caradog, ceffyl gwedd Iwan
sy'n cael ei ben-blwydd
ar yr un diwrnod.

‘O diar, beth fedra i'i goginio?
Bydd rhaid i mi wneud cacennau
arbennig i'r ddau yma!’

Crafodd Mr Parri ei ben.

Ar ôl meddwl yn ddwys a chwilio drwy ei holl lyfrau ryseitiau, penderfynodd Mr Parri ar ddwy gacen arbennig . . .

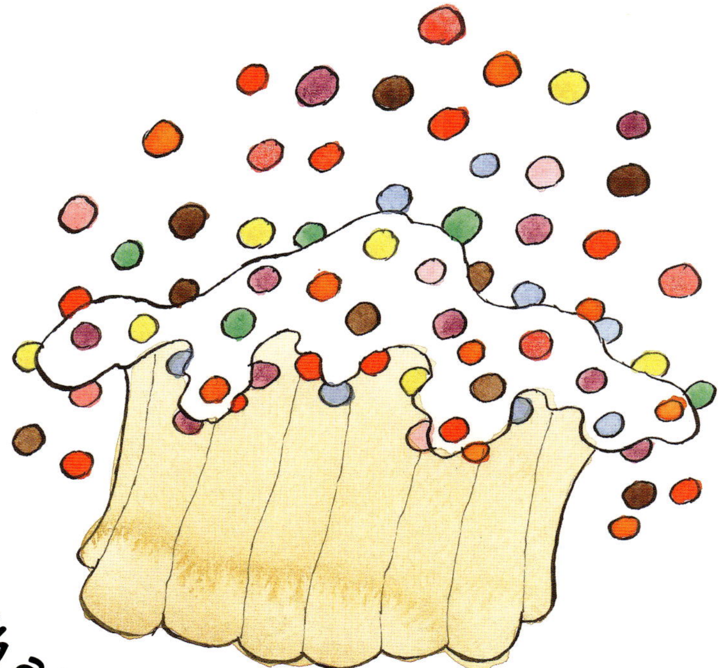

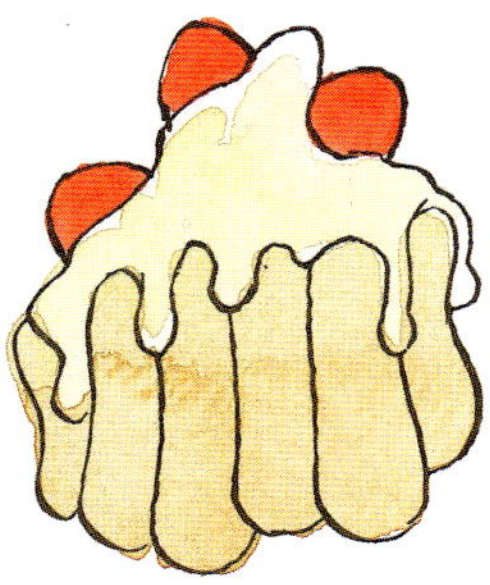

ac aeth ati'n brysur i'w paratoi.

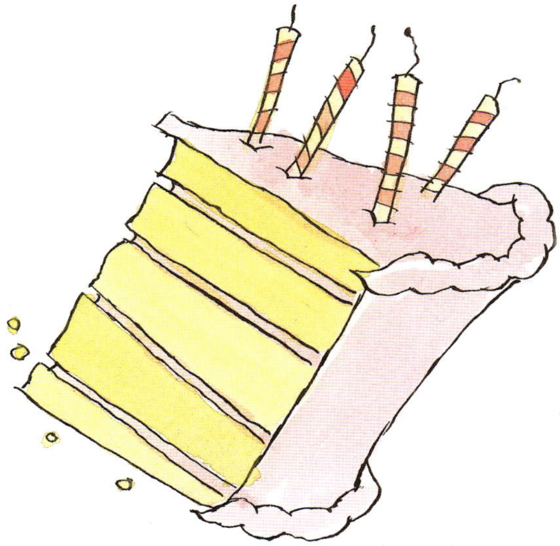

Ymhen yr awr roedd y ddwy
gacen yn barod.

Un gacen â rhuban glas i Iwan
ac un â rhuban gwyrdd i Caradog.

Rhoddodd Mr Parri'r cacennau mewn dau focs mawr gwyn er mwyn eu cadw'n ddiogel ac aeth ati i lwytho'r fan.

Safodd Tomi wrth y ffens yn eiddgar a'i dafod yn **hongian** fel neidr o ochr ei geg.

Ond caeodd ei geg mewn siom wrth sylwi fod Mr Parri wedi cau drws cefn y fan ac wedi neidio i mewn i sedd y gyrrwr.

'O Na! **Wff!** Dim bisgeden mêr i mi heddiw,' meddai Tomi'n drist, gan droi'n ôl i'w gwt a'i gynffon rhwng ei goesau.

'HEI, TOMI! Dwi ddim wedi dy anghofio,' gwaeddodd Mr Parri allan o'r ffenest gan daflu bisgeden yn uchel dros y ffens.

TOMI

Llyncodd Tomi'r fisgeden mewn un tamaid.

'Bendi-**wff-wff-gedig**,' meddai'n fodlon, gan wneud yn siŵr ei fod yn llyncu pob briwsionyn.

Chwarddodd Mr Parri'n uchel wrth weld Tomi yn nrych y fan, ac aeth ar ei siwrnai'n hapus.

Wrth i Mr Parri gyrraedd Fferm Cesail Flewog roedd teulu a ffrindiau Iwan yn brysur yn mwynhau'r parti pen-blwydd.

Roedd llond y bwrdd o wledd fendigedig gyda brechdanau caws a phicl, rhai samwn a lemwn a rhai ham a mwstard, pastai o bob math a chacennau o bob lliw a llun.

'Bîp, BÎP!'

'O! Edrychwch blant,' meddai mam Iwan gan edrych drwy'r ffenest. 'Mae Mr Parri wedi cyrraedd yn ei fan wen.'

Rhuthrodd pawb allan i'r clos, gan wasgaru'r ieir a'r gwyddau mewn chwinciad.

'Hei, blant! Oes rhywbeth arbennig yn digwydd yma heddiw 'te?' gofynnodd Mr Parri gan agor drws cefn y fan.

'PEN-BLWYDD IWAN!'
gwaeddodd y plant yn llon.

‘A phen-blwydd Caradog y ceffyl,’ brefodd y fuwch o’r beudy.

‘Iiiieee,’ gweryrodd Caradog, gan roi ei ben dros ddrws y stabl.

‘Wel, mae gen i rywbeth arbennig i chi’ch dau.’

Camodd Mr Parri tuag at ddrws y stabl yn cario dau focs mawr gwyn, ac Iwan a'r plant yn dynn ar ei sodlau.

'Pen-blwydd hapus, Iwan,' meddai Mr Parri, gan roi un bocs i Iwan.

Tynnodd Iwan y rhuban gwyrdd oddi ar y bocs a'i agor yn eiddgar.

'Ych a fi!' meddai'n dawel.

Ar waelod y bocs roedd cacen geirch a glaswellt wedi'i haddurno â darnau o afal, siwgr lwmp a saith darn o bren.

'Diolch, Mr Parri,' meddai Iwan yn siomedig.

Helpodd Mr Parri
Caradog i dynnu'r
rhuban glas oddi ar
y bocs arall a'i agor.

Y tu mewn roedd cacen **fawr** siocled â melysion lliwgar yn addurno'r top, hufen ffres yn diferu o'r canol a saith cannwyll aur ar yr wyneb.

Crychodd Caradog ei drwyn a chyda snwffiad trodd ei gefn ar yr anrheg a rhoi **CIC** i ddrws y stabl.

'O! Wps!' meddai Mr Parri gan chwerthin. 'Dwi wedi cymysgu'r ddwy gacen. Iwan sydd â'r gacen hufen ac mae'r gacen geirch i Caradog.'

Chwarddodd pawb am y camgymeriad, a chafodd Iwan a Caradog y cacennau cywir. Aeth y plant yn ôl i'r ffermdy i fwynhau'r parti . . .

a rhannodd Caradog ei gacen gyda'i gyfeillion ar y clos.

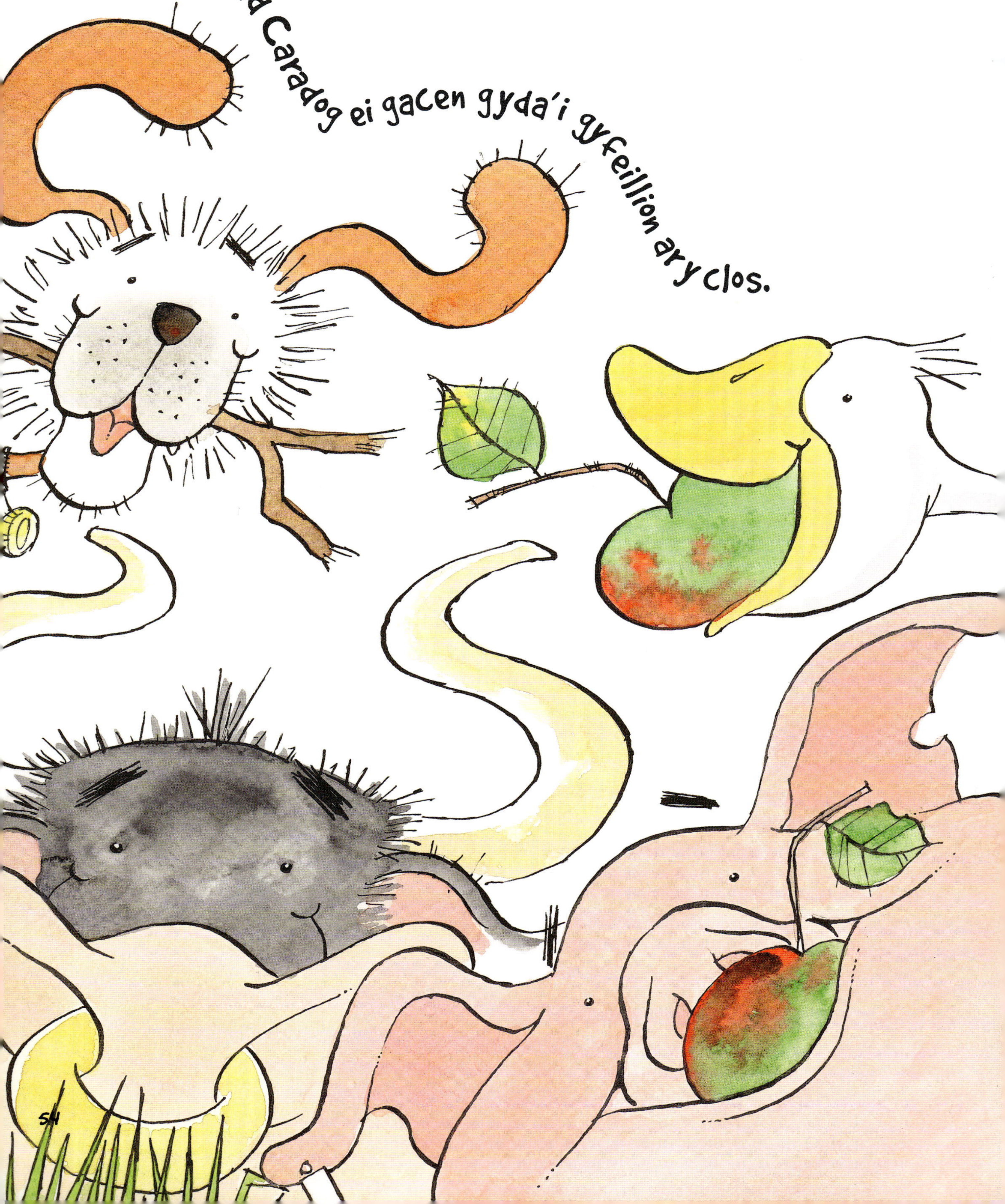

'Wel, mae'n well i mi fynd,' meddai Mr Parri, gan neidio i mewn i'w fan.

'Gwaith yn galw! Gobeithio na wna i gymysgu archebion pawb arall!'

Ar ddiwedd diwrnod mor brysur a chyffrous, diffoddodd Mr Parri oleuadau'r becws a chloi'r drws.

Wrth iddo baratoi i fynd adre ar y beic, adroddodd hanes y parti wrth Tomi Drws Nesa.

Cytunodd Tomi y byddai'n llawer iawn gwell ganddo yntau gael darn bach o gacen melysion a hufen na chacen geirch hefyd.

Wrth ffarwelio, addawodd Mr Parri y byddai ganddo ddarn o rywbeth arbennig i Tomi yn y bore.

'Nos da i ti, Tomi, a gobeithio y cei di noson dda o gwsg.

'HWWWWWYL,' udodd Tomi, gan edrych ar oleuadau'r beic yn diflannu i lawr yr heol.'

'NOOOOS da i chithau hefyd!' meddai wedyn, cyn troi i gysgodi yn ei gwt unwaith eto gan freuddwydio am fisgedi mêr a chracyrs esgyrn.

Yn hapus, ond blinedig, beiciodd Mr Parri'n araf tuag adref ar ei feic coch a gwyn.

A dyna lle roedd Sbigyn y draenog a Mathew'r pathew a'i deulu bach eisoes yn cysgu'n drwm.

'Nos da!'

Cyhoeddwyd gyntaf yn 2013 gan
Wasg Gomer, Llandysul, Ceredigion, SA44 4JL
www.gomer.co.uk

ISBN 978 1 84851 757 8

Dymuna'r cyhoeddwyr gydnabod cefnogaeth
Adrannau Cyngor Llyfrau Cymru.

Argraffwyd a rhwymwyd yng Nghymru gan
Wasg Gomer, Llandysul, Ceredigion.

Stories, Songs and Rhymes

A collection for babies and grown-ups

Storiau, Caneuon a Rhigymau

Casgliad i fabanod ac oedolion

Dechrau Da Bookstart
Est.1992 by BOOKTRUST

The Basic Skills Agency
Yr Asiantaeth Sgiliau Sylfaenol

Cynulliad Cenedlaethol Cymru
The National Assembly for Wales

Contents/Cynnwys

Foreword/Rhagair

To all parents, grandparents and other grown-ups who are willing to find a little time to sing and talk with the babies and young children in their care.

This book and its accompanying CD have been produced for you to enjoy with your baby or young child. They include a selection of new and familiar songs and rhymes in Welsh and English, which we hope will give you both pleasure.

They are produced as part of the National Assembly's Basic Skills Strategy for Wales to encourage people with young children to take time in their busy lives to share language in the most pleasurable way. These early experiences set the foundations for language and literacy and make associations in children's minds between books and words and happy times.

Even the tiniest babies love songs, rhymes and music – of all kinds. They love to hear familiar voices singing, chanting and humming – even if it's not in tune! They love to be rocked, bounced and moved to the rhythm and show their delight with shrieks and babbles until eventually they begin to learn the words. In fact, because they like to hear the same rhymes and stories over and over again they learn a lot about words, language and ideas, which gives them a great start to life at playgroup, nursery and school. But the most important reason for singing songs and rhymes together is that young children absolutely love it and it can be done any time, any place and costs nothing!

Happy listening, reading and singing!

I rieni, teidiau a neiniau ac oedolion eraill sy'n fodlon treulio ychydig o amser yn siarad a chanu gyda'r babanod a'r plant ifanc dan eu gofal.

Cynhyrchwyd y llyfr hwn a'r CD sy'n cyd-fynd ag ef i chi eu mwynhau gyda'ch baban neu'ch plentyn ifanc. Ein gobaith yw y bydd y casgliad hwn o ganeuon a rhigymau hen a newydd, yn y Gymraeg a'r Saesneg, yn rhoi mwynhad mawr ichi.

Fe'u cynhyrchwyd fel rhan o Strategaeth Sgiliau Sylfaenol i Gymru y Cynulliad Cenedlaethol er mwyn annog pobl sydd â phlant ifanc i neilltuo ychydig o amser yn eu bywydau prysur i rannu iaith mewn modd hwyliog. Bydd y profiadau cynnar hyn yn gosod y sylfaen ar gyfer iaith a llythrennedd ac yn creu cysylltiadau ym meddyliau'r plant rhwng llyfrau a geiriau ac amseroedd hapus.

Mae hyd yn oed y babanod lleiaf yn hoff iawn o ganeuon, rhigymau a cherddoriaeth – o bob math. Maent wrth eu bodd yn clywed lleisiau cyfarwydd yn canu, hymian a llafarganu – hyd yn oed os ydyn nhw'n canu allan o diwn! Maent yn mwynhau cael eu siglo a'u symud gyda'r rhythm, gan leisio eu mwynhad drwy chwerthin a mwmial nes dysgu'r geiriau yn y pen draw. Yn wir, gan eu bod yn hoffi clywed yr un rhigymau a'r un storïau dro ar ôl tro, maent yn dysgu llawer am eiriau, iaith a syniadau, sy'n rhoi hwb da iddynt yn eu bywyd mewn grwp chwarae, cylch meithrin neu ysgol. Ond y rheswm pwysicaf dros ganu caneuon a rhigymau gyda'ch gilydd yw bod plant ifanc wrth eu boddau'n gŵneud a'i bod yn bosibl ei wneud unrhyw bryd, yn unrhyw le ac yn rhad ac am ddim!

Mwynhewch wrando, darllen a chanu!

Dechrau Da Bookstart
Est.1992 by BOOKTRUST

The Basic Skills Agency
Yr Asiantaeth Sgiliau Sylfaenol

Cynulliad Cenedlaethol Cymru
The National Assembly for Wales

Dau gi bach

Cân am ddau gi a'i hanturiaethau yn y goed wig

Song about two dogs and their adventures in the woods

Dau gi bach yn mynd i'r coed
Esgid newydd am bob troed
Dau gi bach yn dwad adre
Wedi colli un o'u sgidie
Dau gi bach.

Dau gi bach yn mynd i'r coed
Dan droi fferau, dan droi troed
Dau gi bach yn rhedeg adre
Blawd ac eisin hyd 'u coese'
Dau gi bach.

Dau gi bach a'u bron yn wyn
Dau gi bach a'u llygaid syn
Dau gi bach yn dal i sbio
Dau gi bach sut r'ych chi heno
Dau gi bach.

Hush-a-bye-baby

Hwiangerdd draddodiadol am fabi mewn crud

Traditional lullaby about a baby in a cradle

Hush-a-bye, baby, on the tree top
When the wind blows the cradle will rock
When the bough breaks the cradle will fall
Down will come baby, cradle and all.

Mi welais jac y do

Anturiaethau dyddiol anifeiliaid ac adar o bob math

Daily adventures of birds and animals of every kind

Mi welais Jac y Do
Yn eistedd ar ben tô
Het wen ar ei ben
A dwy goes bren
Ho! Ho! Ho! Ho! Ho! Ho!

Mi welais iâr fach yr ha'
Yn mynd i werthu ffâ
Fe'i gwerthodd yn rhês
Ond collodd y prês
Ha! Ha! Ha! Ha! Ha! Ha!

Aeth mochyn bach i'r dre
I chwilio am bwys o dê
Fe welodd ful bach
Yn rholio mewn sach
He! He! He! He! He! He!

Hen fwnci bach o Lŷn
Aeth i dynnu'i lun
Wrth edrych yn syn
Fe chwarddodd fel hyn
Hi! Hi! Hi! Hi! Hi! Hi!

Hen geiliog dandi do
A redodd i'r cwt glo
Fe welodd gi mawr
A gwaeddodd fel cawr
Go! Go! Go! Go! Go! Go!

I went to visit

Cân am fynd i ymweld a fferm, sŵ, ffrind a chlywed band

Song about visiting a farm, zoo, friend and hearing a band

I went to visit a farm one day
I saw a cow across the way
And what do you think I heard it say?
Moo! Moo! Moo!

I went to visit a zoo one day
I saw a lion and cubs at play
And what do you think I heard them say?
Roar! Roar! Roar!

I went to visit a friend one day
I walked in the puddles along the way
And what do you think I heard them say?
Splish! Splash! Splosh!

I went to see a band one day
I heard a drum begin to play
And what do you think I heard it say?
Boom! Boom! Boom!

Heno heno

Hwiangerdd draddodiadol amser gwely

Traditional bedtime lullaby

Heno, heno hen blant bach
Heno, heno hen blant bach
Dime, dime, dime hen blant bach
Dime, dime, dime hen blant bach.

Gwely, gwely hen blant bach
Gwely, gwely hen blant bach
Dime, dime, dime hen blant bach
Dime, dime, dime hen blant bach.

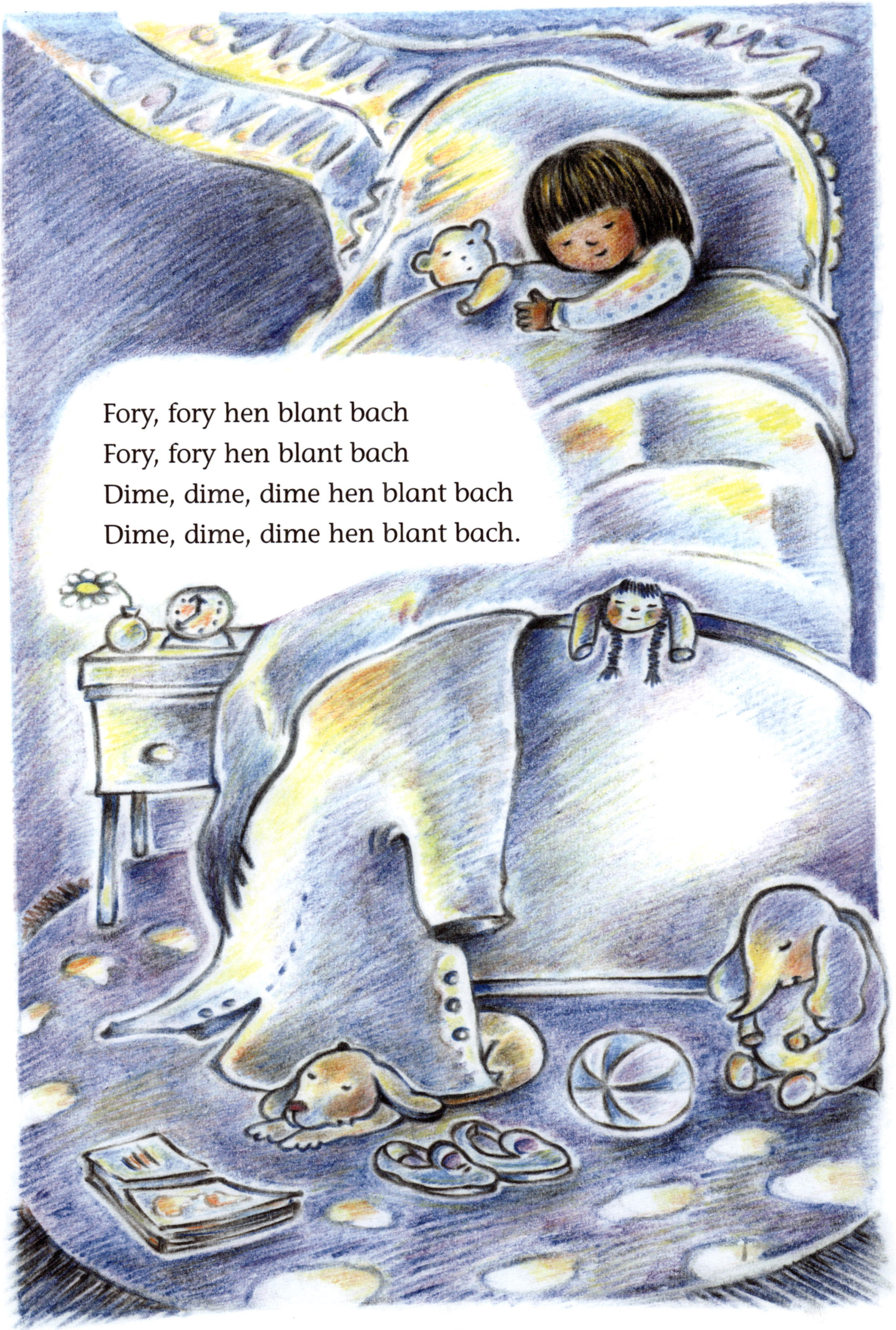

Fory, fory hen blant bach
Fory, fory hen blant bach
Dime, dime, dime hen blant bach
Dime, dime, dime hen blant bach.

Twinkle, twinkle, little star

Hwiangerdd am seren fach ryfeddol

Lullaby about a wonderful little star

Twinkle, twinkle little star
How I wonder what you are
Up above the world so high
Like a diamond in the sky.

When the blazing sun is gone
When he nothing shines upon
Then you show your little light
Twinkle, twinkle all the night.

Then the traveller in the dark
Thanks you for your little spark
He could not tell where to go
If you did not twinkle so.

In the dark blue sky you keep
While you through my curtains peep
And you never shut your eye
Till the sun is in the sky.

Cathod

Cân am gathod yn ymuno a'i gilydd yn y fasged

A song about cats joining each other in the basket

Un gath fach yn y fasged
Yn cysgu'n drwm
Yn cysgu'n drwm
Un gath fach yn y fasged
Yn gynnes gyda mam.

Dwy gath fach yn y fasged
Yn cysgu'n drwm
Yn cysgu'n drwm
Dwy gath fach yn y fasged
Yn gynnes gyda mam.

Tair cath fach yn y fasged
Yn cysgu'n drwm
Yn cysgu'n drwm
Tair cath fach yn y fasged
Yn gynnes gyda mam.

Pedair cath fach yn y fasged
Yn cysgu'n drwm
Yn cysgu'n drwm
Pedair cath fach yn y fasged
Yn gynnes gyda mam.

Pump cath fach yn y fasged
Yn cysgu'n drwm
Yn cysgu'n drwm
Pump cath fach yn y fasged
Yn gynnes gyda mam.

Goldilocks and the three bears

Stori am Goldilocks yn ymweld â bwthyn y tri arth

Story about Goldilocks and her visit to the three bears' cottage

The three bears lived in a house in the woods.
Mummy Bear was very, very big.
Daddy Bear was very, very, very big.
Baby Bear was very small.
Every morning, the three bears had porridge for breakfast, but one morning the porridge was too hot to eat.
"We'll go for a walk," said Mummy Bear, "the porridge will be cold enough to eat by the time we come back."
And off they went.

One morning a little girl was playing in the woods. Her name was Goldilocks.
She was a very pretty girl and her long curly hair was as yellow as the sun.
She arrived at the three bears' house and peeped in through the window.
"That's a nice smell," she thought, climbing in through the window.

“Mmm, porridge,” she said.
She took a spoonful from the big bowl.
“Ow!” she screamed, “this porridge is too hot.”
She took a spoonful from the middle bowl.
“Yuk!” she screamed, “this porridge is too cold.”
Then she took a spoonful from the small bowl.
“Mmm,” she said, “this is perfect,” and she ate it all.

Then she sat in Daddy Bear's large chair.
“Oh,” she said, “this chair is too hard.”
She then sat on Mummy Bear's chair.
“Oh dear,” she said, “this chair is too soft.”
Then she sat on Baby Bear's chair.
“Well, here's a nice chair,” she said, and started to rock backwards and forwards.
But Goldilocks was too heavy for the chair. She broke it.

“Oh! I'm tired,” said Goldilocks, “I'll go to sleep for a little while.”
She crept upstairs very quietly and climbed on to Daddy Bear's bed.
“Oh, this bed is too high for me,” she said.
She jumped into Mummy Bear's bed.
“Oh dear,” said Goldilocks, “this bed is too low for me.”
Then she lay on Baby Bear's bed and said:
“This is perfect,” and she fell asleep in the little bed.

Boom! Boom! Boom! Boom! Boom! Boom!
The three bears returned for their breakfast.

“Who's been eating my porridge?” asked Daddy Bear.
“Who's been eating my porridge?” asked Mummy Bear.

"Who's been eating my porridge?" screamed Baby Bear, "and has eaten all of it!"
"Who's been sitting in my chair?" asked Daddy Bear.
"Who's been sitting in my chair?" asked Mummy Bear.
"Who's been sitting in my chair?" screamed Baby Bear, "and has broken it into pieces!"

The three bears went upstairs.
"Who's been sleeping in my bed?" asked Daddy Bear.
"Who's been sleeping in my bed?" asked Mummy Bear.
"Who's been sleeping in my bed?" screamed Baby Bear, "and she's still here!"

Goldilocks woke up. "Ah! Three bears!" she screamed and ran downstairs. She climbed out through the window and ran all the way home, and never went into the woods alone again.

Hen Fenyw Fach Cydweli

Hen gân draddodiadol am brynu losin, afalau a'r hen ffordd o fyw

An old traditional song about buying sweets, apples and the old way of life

Hen fenyw fach Cydweli
Yn gwerthu losin du
Yn rhifo deg am ddimau
Ond un ar ddeg i mi
Wel dyma'r newydd gorau ddaeth i mi, i mi
Wel dyma'r newydd gorau ddaeth i mi, i mi
Wrth rhifo deg am ddimau
Ond un ar ddeg i mi
Ffa la la, ffa la la
Ffa la la la la la la.

Mi es i Faes y Croesau
Mi ges i groeso mawr
Afalau wedi pobi
A stôl i eistedd lawr
Wel dyma'r newydd gorau ddaeth i mi, i mi
Wel dyma'r newydd gorau ddaeth i mi, i mi
Afalau wedi pobi
A stol i eistedd lawr
Ffa la la, ffa la la
Ffa la la la la la la.

Mae gen i fegin newydd
A honno'n llawn o wynt
Mae'r byd yn gwenu arnaf
Fel yn y dyddiau gynt
Wel dyma'r newydd gorau ddaeth i mi, i mi
Wel dyma'r newydd gorau ddaeth i mi, i mi
Mae'r byd yn gwenu arnaf fel yn y dyddiau gynt
Ffa la la, ffa la la
Ffa la la la la la la.

Listen to the tree-bear

Odl am arth fach sy'n byw yn y goeden

Rhyme about a little bear who lives in a tree

Listen to the tree-bear
Crying in the night
Crying for his mammy
In the pale moonlight.

What will his mammy do
When she hears him cry?
She'll tuck him in a cocoa-pod
And sing a lullaby.

Y pram

Cân fodern am fabi yn cysgu a breuddwydio mewn pram

Modern song about baby sleeping and dreaming in the pram

Faban bach, faban bach
Wyt ti'n gysglyd braf
Yn dy bram, perl dy fam
Dy wthio'n dyner wnaf
Mae gwên fach ar dy fin
Fel heulwen haf
Faban bach, faban bach
Wyt ti'n gysglyd braf?

Faban bach, faban bach
Beth weli yn dy hún?
Tedi Blêr yn crwydro’r sêr
Fel Superted ei hún?
Neu Smot y ci bach drwg
Yn peintio llun?
Faban bach, faban bach
Beth weli yn dy hún?

Lollipops

Cân am un, dau, tri, pedwar, pump lolipop!

A song about one, two, three, four, five lollipops!

Five sticky lollipops
Fixed on sticks
Take a sticky lollipop
And lick, lick, lick...

Four sticky lollipops
Fixed on sticks
Take a sticky lollipop
And lick, lick, lick...

Three sticky lollipops
Fixed on sticks
Take a sticky lollipop
And lick, lick, lick...

Two sticky lollipops
Fixed on sticks
Take a sticky lollipop
And lick, lick, lick...

One sticky lollipop
Fixed on a stick
Take that sticky lollipop
And lick, lick, lick...

No sticky lollipops
Fixed on sticks
No sticky lollipops
To lick, lick, lick...

Y tri bwch gafr

Stori draddodiadol am dri gafr dewr

Traditional tale about three brave billy goats

Un tro roedd yna dri bwch gafr
Y bwch gafr bach
Y bwch gafr canolig
A'r bwch gafr mawr.

Un diwrnod roedd y tri bwch gafr yn brysur wrthi'n bwyta'r gwair, pan wnaethant sylweddoli bod y gwair ar ochr arall y bont yn edrych yn fwy blasus. Felly dyma'r tri bwch gafr yn penderfynu mynd dros y bont i'r ochr arall, ond pwy oedd yn byw dan y bont? Y Bwgan Drwg! Ych-a-fi!!

Yr oedd y Bwgan Drwg wedi bod yn gwylio'r tri bwch gafr, ac fel roedd y bwch gafr bach yn mynd trip trap, trip trap dros y bont, fe neidiodd y Bwgan Drwg allan oddi tan y bont gan weiddi: "Pwy sy'n mynd dros fy mont i?" Wedi dychryn atebodd y bwch gafr bach, "Fi, y bwch gafr bach."

"Dw i'n mynd i dy fwyta bob tamaid," chwarddodd y Bwgan Drwg. "O na! Plis paid, un bach ydw i, dyma'r bwch gafr canolig yn dod, bwyta fe, ma' fe'n llawer fwy blasus na fi." Cytunodd y Bwgan Drwg ac ymlaen aeth y bwch gafr bach dros y bont.

Yn ail, dyma'r bwch gafr canolig yn mynd trip trap, trip trap dros y bont, felly neidiodd y Bwgan Drwg allan gan ddychryn y bwch gafr canolig, gan weiddi:

“Pwy sy'n mynd dros fy mhont i?”

“Fi, y bwch gafr canolig.”

Dw i’n mynd i dy fwyta di bob tamaid,” chwarddodd y Bwgan Drwg.

"O na! Plis paid, un bach ydw i, dyma'r bwch gafr mawr yn dod, bwyta fe, ma fe llawer mwy blasus na fi." Cytunodd y Bwgan Drwg ac ymlaen aeth y bwch gafr canolig dros y bont.

Yn olaf, dyma'r bwch gafr mawr yn mynd trip trap, trip trap dros y bont, ac unwaith eto fe neidiodd y Bwgan Drwg allan, gan weiddi:
"Pwy sy'n mynd dros fy mont i?"
"Fi!" atebodd y bwch gafr mawr. Wedi blino'n llwyr ac eisiau bwyd dywedodd y Bwgan Drwg:
"Dwi'n mynd i dy fwyta di bob tamaid."
"O na dwyt ddim," meddai'r bwch gafr mawr. Fe redodd nerth ei draed yn syth at y Bwgan Drwg a'i hwpio i fyny i'r awyr, a splash mewn i'r afon. Dyna ddiwedd ar yr hen Fwgan Drwg.

Cerddodd y bwch gafr mawr ymlaen dros y bont i ymuno â'r bwch gafr canolig a'r bwch gafr bach ac fe dreuliodd y tri bwch gafr gweddill y dydd yn bwyta'r gwair blasus yn hapus yn yr haul.

1, 2, 3, 4, 5, once I caught a fish alive

Cân rhifo syml yn defnyddio'r deg bys

Simple rhyming song using ten fingers

1, 2, 3, 4, 5
Once I caught a fish alive
6, 7, 8, 9, 10
Then I let it go again.

Why did you let it go?
Because it bit my finger so
Which finger did it bite?
This little finger on the right.

Trip i'r Traeth

Stori fodern am blant yn cael trip i lan y môr

Modern story about children on a day trip to the seaside

Yr oedd hi'n ddiwrnod braf o haf pan ofynnodd mam i Gareth a Nerys:
"Beth am fynd am drip i lan y môr?"
"Hwre!" meddai Gareth a Nerys, ac i ffwrdd a nhw gyda Mic a Gelert, y ddau gi bach.

Wedi cyrraedd rhedodd Gareth, Nerys a Gelert yn syth i'r dwr.
Roeddent wrth eu bodd yn y dŵr cynnes. SPLISH! SPLASH! SPLISH!
"Ble mae Mic?" holodd Nerys.
"Edrych, ma fe'n rhedeg ar ôl yr wylan," atebodd Gareth.
"Aaw, aaw, aaw!" mae'r wylan yn galw.
"Bow wow!" meddai Mic.
Am hanner dydd mae Mam yn galw, "Mae'n amser cinio blant, dewch i gael bwyd."

I ginio mae brechdanau, creision a phop. Wedi cinio mae Gareth a Nerys yn mynd ati i godi castell tywod mawr. Maent yn defnyddio bwced a rhaw i gasglu'r tywod a dŵr o'r môr. Mae Nerys yn taflu bwced o ddŵr dros bawb.

"Paid, Nerys, paid!" meddai mam, ac mae pawb yn chwerthin.

"O, beth am hufen iâ blant?"

"Hwre!" "Hwre!"

Mae pawb wrth eu bodd.

Here we go round the mulberry bush

Hwiangerdd am blant yn chwarae yn y gaeaf

Nursery rhyme about children at play in winter

Here we go round the mulberry bush
The mulberry bush, the mulberry bush
Here we go round the mulberry bush
On a cold and frosty morning.

This is the way we wash our hands
Wash our hands, wash our hands
This is the way we wash our hands
On a cold and frosty morning.

This is the way we wash our clothes
Wash our clothes, wash our clothes
This is the way we wash our clothes
On a cold and frosty morning.

Ar ddihun

Cân am ddihuno yn y bore!

Song about waking up in the morning!

Ydi pawb ar ddihun – Ydyn!
Ydi pawb ar ddihun – Ydyn!
Ydi pawb ar ddihun – Ydyn!
Wel da iawn!

Ar ddihun, ar ddihun braf yw bod ar ddihun
Ar ddihun, ar ddihun braf yw bod ar ddihun

Eistedda i lawr, dihuna lan
Cer i gysgu, dihuna lan
Criba dy wallt, ‘molcha dy wyneb
Glanheua dy ddannedd, neidia yn yr awyr!

Ar ddihun, ar ddihun braf yw bod ar ddihun
Ar ddihun, ar ddihun braf yw bod ar ddihun

Cer am dro, rheda ras
Yfa dy ddiod, bwyta dy fwyd
Nofia yn y pwll, sgia lawr y mynydd
Rho gusan i rhywun, dangos dy fysyls!

Ar ddihun, ar ddihun braf yw bod ar ddihun
Ar ddihun, ar ddihun braf yw bod ar ddihun

Honey bear

Cerdd am arth sy'n caru mêl

Poem about a bear who loves honey

There was a big bear
Who lived in a cave
His greatest love was honey.

He had twopence a week
Which he could never save
So he never had any money.

I bought him a money box
Red and round
In which to put his money.

He saved and saved
Till he got a pound
Then spent it all
On honey.

The Basic Skills Agency is the national development agency for basic skills in England and Wales funded primarily by the Department for Education and Skills and the Office of the Welsh Assembly. However, we are an independent organisation and a company limited by guarantee and a registered charity. We are a not-for-profit organisation.

Our Patron is Her Royal Highness The Princess Royal and our Chairman is Garry Hawkes CBE. The Director of the Agency is Alan Wells OBE.

The mission of the Basic Skills Agency is to contribute to:

'raising standards of basic skills in England and Wales.'

We have two main aims.

- ***To develop approaches that most effectively improve standards of basic skills***

- ***To disseminate good practice***

Yr Asiantaeth Sgiliau Sylfaenol yw'r asiantaeth ddatblygu genedlaethol ar gyfer sgiliau sylfaenol yng Nghymru a Lloegr. Mae'r asiantaeth yn cael ei hariannu'n bennaf gan yr Adran Addysg a Sgiliau a Swyddfa'r Cynulliad Cenedlaethol. Fodd bynnag, sefydliad annibynnol ydym a chwmni cyfyngedig trwy warant ac elusen gofrestredig. Nid ydym yn sefydliad ar gyfer gwneud elw.

Ein Noddwr yw Ei Mawrhydi y Dywysoges Frenhinol a'n Cadeirydd yw Garry Hawkes CBE. Cyfarwyddwr yr Asiantaeth yw Alan Wells OBE.

Cenhadaeth yr Asiantaeth Sgiliau Sylfaenol yw:

'codi safonau sgiliau sylfaenol yng Nghymru a Lloegr'

Mae gennym ddau brif nod:

- ***Datblygu'r dulliau mwyaf effeithiol o wella safonau sgiliau sylfaenol***

- ***Lledaenu arfer da***